KB102905

움베르토 에코의

지구를 위한
세 가지 이야기

움베르토 에코의

지구를 위한 세 가지 이야기

움베르토 에코 글 ― 에우제니오 카르미 그림 ― 김운찬 옮김

꿈꾸다

차 례

폭탄과 장군

옛날에 '아토모'라는 원자가 있었습니다.

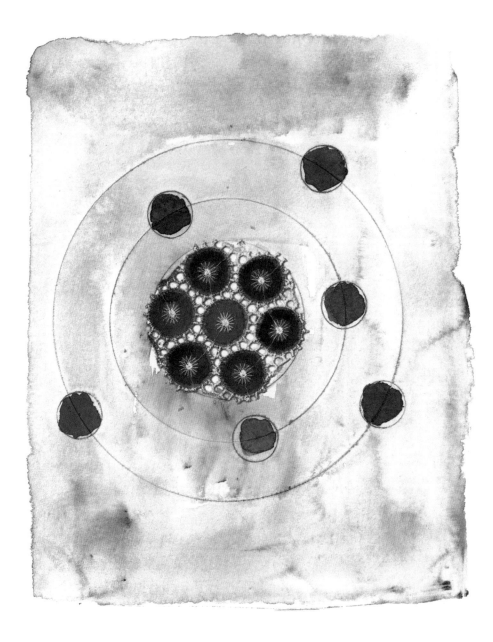

그리고 나쁜 장군도 있었습니다.

장군은 훈장을 주렁주렁 단 군복을 입고 있었습니다.

세상은 원자로 가득합니다.

모든 것이 원자로 이루어져 있습니다.

원자는 아주 작습니다.

그런데 원자가 모이면 분자가 되고,

분자가 모여서 우리가 알고 있는 모든 것이 됩니다.

엄마도 원자로 만들어졌고, 우유도 원자로 만들어졌고,

여자도 원자로 만들어졌고, 공기도 원자로 만들어졌고,

불도 원자로 만들어졌습니다.

물론 우리도 원자로 만들어졌습니다.

원자들이 함께 사이좋게 지내면

놀랍게도 아무 문제가 없습니다.

조화로운 세상에서 우리는 잘 살아갑니다.

하지만 원자 하나가 부서지게 되면……

그 조각이 다른 원자를 때리고,

결국……

무서운 폭발이 일어납니다.

원자가 죽는 것입니다.

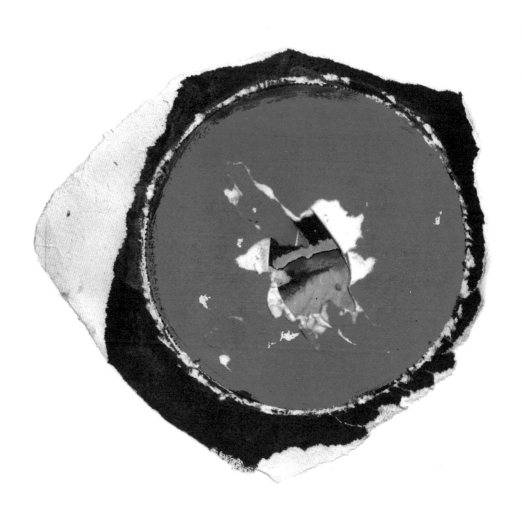

아토모는 슬펐습니다.

원자 폭탄 속에 갇혀 있었기 때문입니다.

아토모는 다른 원자들과 함께 기다릴 수밖에 없었습니다.

폭탄이 터지고 원자들이 부서져

모든 것을 깨뜨려 버릴 날을 말입니다.

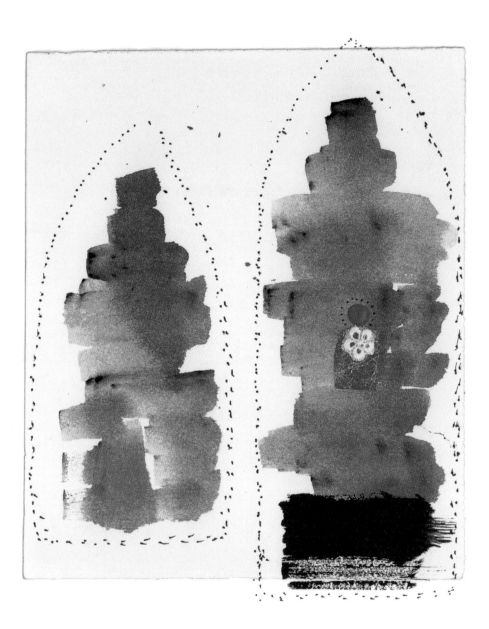

그런데 이 세상에는 폭탄을 모으는 일에만 매달리는
장군들이 있다는 것을 알아야 합니다.
나쁜 장군은 폭탄을 창고에 차곡차곡 쌓고 있었습니다.
장군이 말했습니다.
"폭탄을 아주 많이 모아서 멋진 전쟁을 일으켜야지!"
그러고는 기분 나쁘게 웃었습니다.
장군은 매일매일 새 폭탄을 갖고 창고로 갔습니다.
장군이 말했습니다.
"폭탄이 창고에 가득 차면 전쟁을 일으켜야지!"
그렇게 폭탄을 많이 갖고 있으면 누구나 나쁜 사람이 되기 쉽습니다.

하하

폭탄 속에 갇혀 있는 원자들은

자기들 때문에 일어날 무서운 일을 생각하면

아주 슬펐습니다.

많은 어린이들이 죽을 것입니다.

엄마도, 고양이도, 염소도, 새도 모두 죽을 것입니다.

모든 나라들이 파괴될 것입니다.

지붕이 빨간 집과 하얀 집, 그리고 집 주변의 푸른 나무도

모두 파괴될 것입니다…….

......

그리고 무서운 검은 구멍만 남을 것입니다.

원자들은 장군과 맞서 싸우기로 결심했습니다.

그래서 어느 날 밤 소리 없이 폭탄에서 빠져나와 지하실에 숨었습니다.

다음 날 아침 장군은 부자들과 함께 창고에 갔습니다.

부자들이 말했습니다.

"우리는 이 많은 폭탄을 만들려고 돈을 엄청나게 썼어요.

그런데 이렇게 곰팡이가 슬게 내버려 둘 겁니까?

도대체 앞으로 어떻게 할 작정입니까?"

장군이 대답했습니다.

"당신들 말이 맞습니다. 지금 당장 전쟁을 일으켜야 합니다.

그래야 나도 유명해질 수 있어요."

장군은 바로 전쟁을 일으켰습니다.

핵전쟁이 터졌다는 소식이 전해지자
사람들은 무서워서 벌벌 떨었습니다.
"아이고, 우리가 폭탄을 만들라고 했잖아!"
하지만 후회해도 이미 늦었습니다.
사람들은 모두 도시에서 달아나야 했습니다.
하지만 피할 곳이 없었습니다.

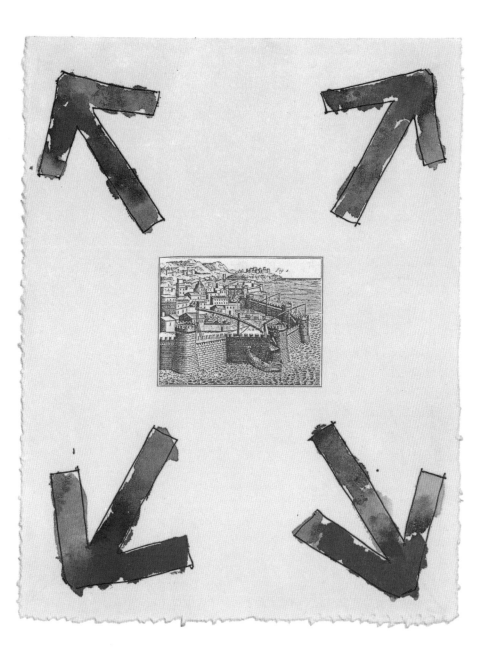

장군은 비행기에다 폭탄을 실었습니다.

그리고 모든 도시에 하나씩 떨어뜨렸습니다.

그런데 폭탄은 모두 텅 비어 있었기 때문에
하나도 터지지 않았습니다!
위험이 사라지자 사람들은 기뻐했습니다.
믿을 수 없는 일이었습니다.
사람들은 폭탄을 꽃병으로 사용했습니다.
그제야 사람들은 폭탄이 없어야
세상이 훨씬 아름답다는 것을 깨달았습니다.

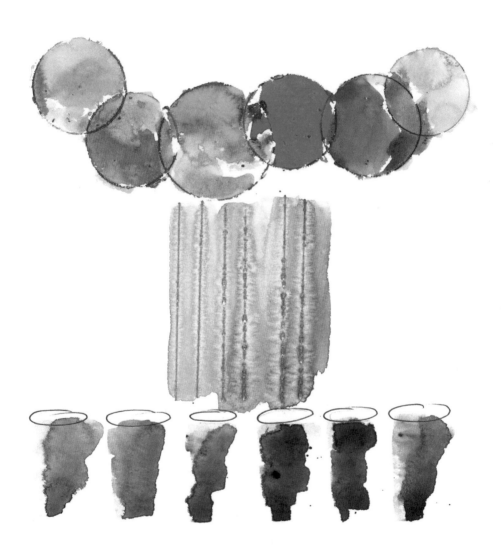

사람들은 더 이상 전쟁을 하지 않기로 결정했습니다.

엄마들은 아주 행복했습니다.

물론 아빠들도 행복했습니다.

우리 모두 행복했습니다.

나쁜 장군은 어떻게 되었을까요?

더 이상 전쟁이 일어나지 않게 되자

장군은 훈장이 주렁주렁 달린 군복을 입고

호텔 문지기가 되었습니다.

세상이 평화로워지자 호텔에 관광객이 많이 찾아왔습니다.

옛날에 적이었던 사람들과

장군이 지휘봉으로 다스렸던 부하들까지 호텔을 찾았습니다.

그 사람들이 호텔에 들어가고 나갈 때마다

장군은 커다란 유리문을 열어 주었습니다.

그리고 어색하게 인사했습니다.

"어서 오십시오, 손님."

장군을 알아본 사람들은 얼굴을 찌푸리며 말했습니다.

"부끄러운 줄 아세요! 이 호텔은 서비스가 엉망이로군!"

호텔

Echelle de 1 2 3 4 5 6 7 8 9 10 Toises

장군은 얼굴이 빨개진 채 아무 말도 할 수 없었습니다.
그리고 다시는 전쟁에 대해 생각조차 하지 않았습니다.

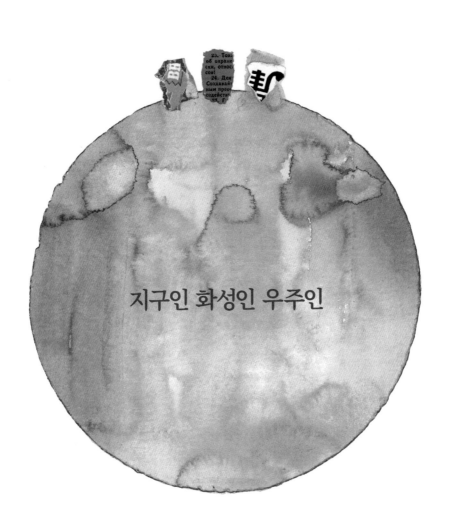

지구인 화성인 우주인

옛날에 지구가 있었습니다.

화성도 있었습니다.

지구와 화성은 아주 멀리 떨어져 있었고,

지구와 화성 사이에는 별들이 수없이 많았습니다.

지구에 사는 사람들은 화성에도 다른 행성에도 가고 싶었습니다.

하지만 너무 멀었습니다!

사람들은 끊임없이 노력했습니다.

처음에는 인공위성을 쏘아 올렸습니다.

인공위성은 이틀 동안 지구 주위를 돌다가

다시 지구로 떨어졌습니다.

그다음에는 우주선을 쏘아 올렸습니다.

우주선은 지구 주위를 몇 바퀴 돌았지만

끝내 지구로 돌아오지 못했습니다.

그리고 지구 중력을 벗어나

아득한 우주 공간 속으로 사라져 버렸습니다.

우주선에는 개도 태워 보냈습니다.
그런데 개는 말을 할 줄 몰랐기 때문에
무전기에 대고 "멍멍" 짖어 댈 뿐이었습니다.
개가 무엇을 보았는지, 또 어디로 갔는지
전혀 알 수 없었습니다.

마침내 용감한 사람들이 나서서 우주인이 되려고 했습니다.
우주인이라고 부르는 것은 우주를 탐험하러 떠나기 때문입니다.
우주인들은 수많은 은하가 있는 끝없는 우주를
샅샅이 탐험하려고 했습니다.
우주인들은 무사히 돌아오지 못할지도 모르지만
언젠가는 사람들이 이 행성에서 저 행성으로 여행할 수 있도록
별들을 정복하고 싶었습니다.
날이 갈수록 사람들이 늘어나 지구는 점점 비좁아졌기 때문입니다.

어느 날 아침 드디어 우주인들이 지구를 떠났습니다.

서로 다른 곳에서 우주선 세 개가 날아갔습니다.

첫 번째 우주선에는 미국 사람이 탔는데,

아주 흥겹게 휘파람을 불었습니다.

두 번째 우주선에는 러시아 사람이 탔는데,

낮고 굵은 목소리로 "볼가, 볼가" 하며 노래했습니다.

세 번째 우주선에는 중국 사람이 탔는데,

아주 아름다운 노래를 불렀습니다.

다른 두 사람이 음치로 보일 정도였습니다.

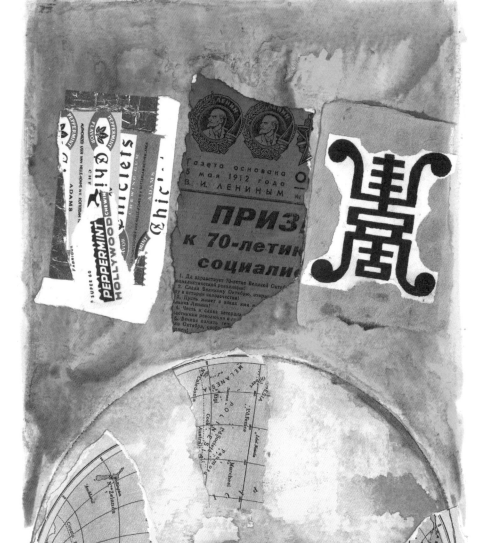

세 사람 모두 화성에 먼저 도착해서

가장 용감하다는 것을 보여 주고 싶었습니다.

미국 사람은 러시아 사람을 싫어했고,

러시아 사람은 미국 사람을 싫어했고,

중국 사람은 두 사람을 모두 믿지 않았습니다.

왜냐하면 미국 사람은 인사할 때

"하우 두 유 두(How do you do)?"라고 말했고,

러시아 사람은 "즈드라스트부이쩨(ЗДРАВСТВУЙТЕ)."라고

말했고, 중국 사람은 "니먼하오(你们好)!"라고

말했기 때문입니다.

그래서 서로의 말을 이해하지 못하고 자기와는 다르다고 생각했습니다.

세 사람은 모두 용감했기 때문에 거의 동시에 화성에 도착했습니다.
세 사람은 우주복을 입고 우주선에서 나왔습니다.

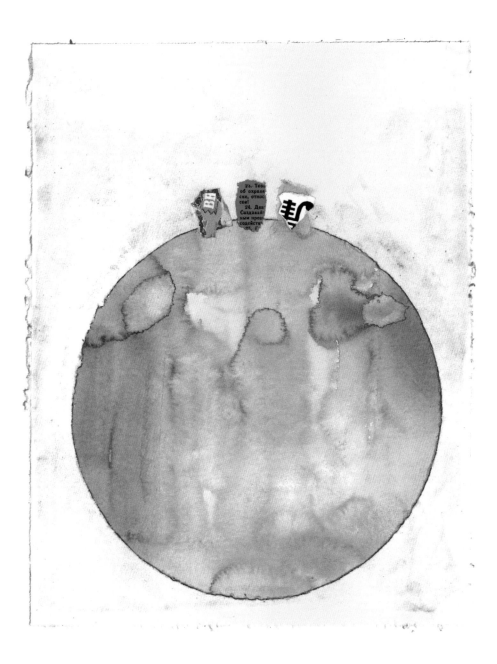

……

그런데 놀랍고 이상한 풍경이 펼쳐졌습니다.

땅에는 기다란 운하들이 파여 있고,

운하에는 에메랄드 빛깔 물이 가득 차 있었습니다.

푸른 나무들은 이상하게 생겼고, 한 번도 본 적 없는 새들의 깃털은

아주 희한한 색깔이었습니다.

저 멀리 지평선에 있는 붉은 산은 오묘한 빛을 내뿜고 있었습니다.

우주인들은 이 광경을 본 뒤 서로를 쳐다보았습니다.

하지만 서로 믿지 않았기 때문에 각자 멀리 떨어져 있었습니다.

밤이 되었습니다.

주위는 오싹할 정도로 조용했고,

지구는 아주 멀리서 별처럼 반짝거렸습니다.

우주인들은 슬프고 외로웠습니다.

그때 미국 사람이 어둠 속에서 엄마를 불렀습니다.

"마미."

러시아 사람은 "마마." 하고 불렀습니다.

중국 사람은 "마~마." 하고 불렀습니다.

세 우주인은 모두 똑같은 느낌으로

엄마를 부르고 있다는 것을 깨달았습니다.

그리고 미소를 지으며 가까이 다가가 함께 멋진 모닥불을 피웠습니다.

그러고는 각자 자기 고향 노래를 불렀습니다.

우주인들은 용기가 났고,

아침을 기다리는 동안 서로를 더 많이 이해하게 되었습니다.

mommy   **МАМОЧКА**   媽媽

마침내 아침이 밝았습니다.

화성의 아침은 몹시 추웠습니다.

그때 갑자기 나뭇가지 사이에서 화성인이 튀어나왔습니다.

정말 괴상한 모습이었습니다!

온몸이 초록색이고, 귀 대신 더듬이가 달려 있고,

코끼리처럼 코가 길고 팔이 여섯 개나 달려 있었습니다.

화성인은 우주인들을 보더니 말했습니다.

"그르르르!"

그 말은 화성 말로

"엄마야, 이 무섭게 생긴 것들은 뭐야!"라는 뜻이었습니다.

하지만 우주인들은 그 말이 무슨 뜻인지 몰랐고,

싸움을 걸려고 으르렁거린다고 생각했습니다.

화성인은 지구인과는 너무 다르게 생겼기 때문에

우주인들은 그를 이해할 수도 없었고, 사랑할 수도 없었습니다.

우주인들은 곧바로 한마음이 되어 화성인 앞에 섰습니다.

괴물 같은 화성인에 비하면 우주인들의 다른 점은 아무것도 아니었습니다.

서로 말이 다른 것쯤은 문제가 되지 않았습니다.

세 우주인 모두 지구인이라는 것을 깨달았습니다.

하지만 화성인은 그렇지 않았습니다.

너무 못생겼는데, 지구인들은 못생긴 사람은 나쁘다고 생각했습니다.

그래서 세 지구인들은 원자 분해기로 화성인을 죽이기로 결정했습니다.

그때 작은 새 한 마리가 둥지에서 떨어졌는지
땅바닥에서 추위와 무서움에 떨고 있는 것이 보였습니다.
힘없이 삐악거리는 것을 보니
지구에 사는 작은 새와 똑같아 보였습니다.
정말 불쌍한 모습이었습니다.
미국 사람, 러시아 사람, 중국 사람 모두 새를 보자
애처로운 마음이 들어 눈물을 참을 수 없었습니다.

바로 그 순간 놀라운 일이 일어났습니다.

가까이 다가가 새를 바라보던 화성인의 코에서

두 줄기 연기가 흘러나왔습니다.

지구인들은 화성인도 울고 있다는 것을 알았습니다.

화성인은 그렇게 울었던 것입니다.

화성인은 몸을 숙여 여섯 개의 팔로 작은 새를 안아

따뜻하게 해 주었습니다.

중국 사람이 말했습니다.

"다들 보았지요? 저 괴물이 우리와 다르다고 생각했는데,

우리처럼 동물도 사랑하고 눈물도 흘려요.

마음도 있고, 틀림없이 생각할 줄도 알 겁니다.

그런데도 죽여야 할까요?"

대답은 들을 필요가 없었습니다.

서로 다르다고 해서 적이 될 수 없다는 것을

미국 사람도 러시아 사람도 중국 사람도 알게 되었으니까요.

그래서 화성인에게 다가가 손을 내밀었습니다.

그러자 손이 여섯 개나 있는 화성인은 한 번에 세 사람 손을 잡았고,

다른 손으로는 인사를 했습니다.

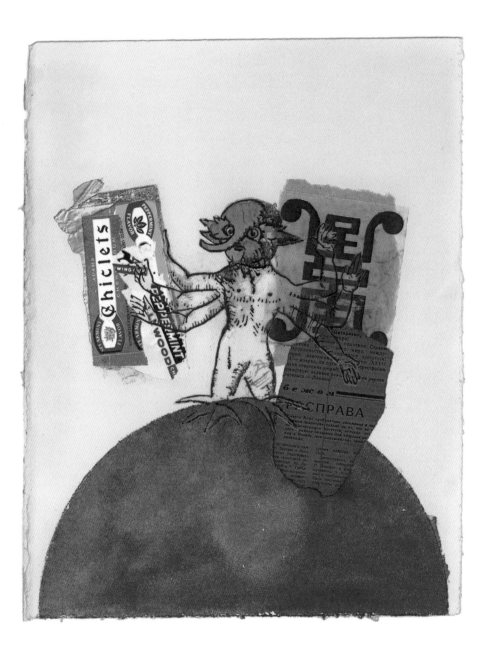

그리고 하늘에 떠 있는 지구를 가리키더니
몸짓으로 여행을 가고 싶다고 표현했습니다.
다른 행성에 사는 사람들을 만나서,
서로 사랑하고 한마음이 되어 커다란 우주 공화국을
세울 방법을 함께 찾아보자고도 했습니다.
세 지구인 모두 기쁜 마음으로 좋다고 했습니다.
그리고 이렇게 만난 것을 축하하려고
지구에서 가져온 물 한 병을 화성인에게 선물했습니다.
화성인은 아주 행복한 얼굴로 병 속에 코를 집어넣고 들이마셨습니다.
그러고는 맛은 좋은데, 머리가 조금 어지럽다고 했습니다.
지구인들은 이제 놀라지 않았습니다.
서로 달라도 이해하는 것이 중요하다는 사실을 깨달았기 때문입니다.

뉴 행성의 난쟁이들

옛날에 오만한 황제가 살았습니다.

혹시 지금도 어딘가에 있을지 모릅니다.

황제는 새로운 땅을 발견하고 싶었습니다.

"내 배들이 금은이 풍부하고 드넓은 평야가 있는 새로운 대륙을

발견하지 못한다면, 그래서 우리 문명을 전해 주지 못한다면,

내가 무슨 황제란 말이냐?"

황제가 이렇게 외치자 신하들이 말했습니다.

"이제 지구에는 발견할 땅이 없습니다. 지도를 보십시오!"

"저 아래 아주 조그마한 섬은 무엇이냐?"

황제가 안달이 나서 묻자 신하들이 대답했습니다.

"지도에 표시되어 있다는 것은 이미 발견했다는 뜻입니다.

아마 거기는 벌써 관광지가 되었을 겁니다.

그리고 요즘 사람들은 섬이나 대륙을 발견하러 바다로 가지 않습니다.

우주선을 타고 우주로 갑니다!"

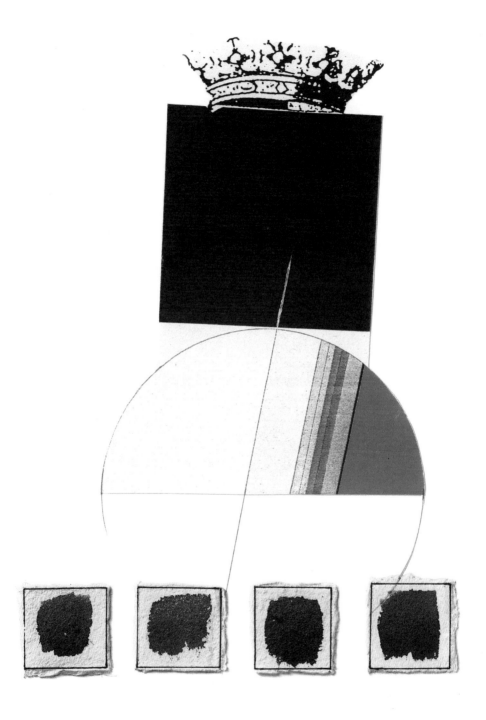

그러자 황제가 집요하게 말했습니다.

"그래? 그렇다면 우주 탐험가를 보내서 사람이 사는 행성을 발견하도록 해!"

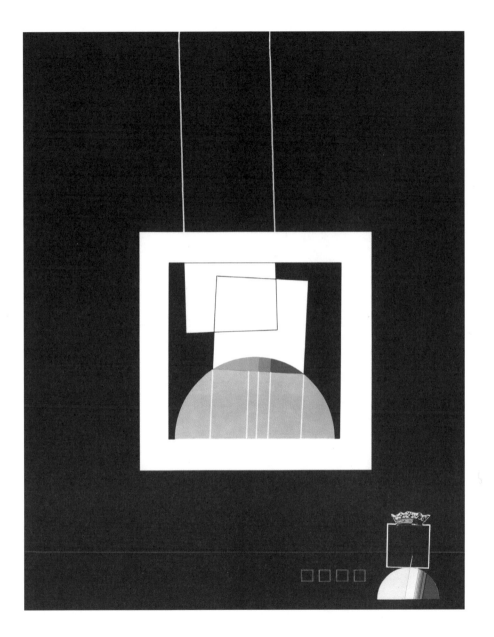

이리하여 우주 탐험가는 문명을 전해 줄 행성을 찾으러
아주 오래전부터 끝없는 우주 공간을 돌아다니고 있었던 것입니다.
하지만 발견한 것은 돌투성이 행성, 먼지투성이 행성,
불을 내뿜는 화산만 가득한 행성뿐이었습니다.
사람이 사는 아름다운 행성은 그림자도 보이지 않았습니다.

그러던 어느 날 우주 탐험가는 초대형 우주 망원경으로
은하계 전체에서 가장 모퉁이 쪽을 바라보다가 놀라운 것을 발견했습니다.
근사한 행성이 하나 있었는데, 파란 하늘에는 하얀 양떼구름이 떠 있고,
푸른 숲과 계곡은 보기만 해도 기분이 좋았습니다.
좀 더 자세히 들여다보자 계곡에는 온갖 귀여운 동물들이 뛰놀았고,
조금 우스꽝스럽지만 조그만 사람들이 나무를 보살피고,
새들에게 모이를 주고, 잔디를 깎고 있었습니다.
어떤 사람들은 강과 개울에서 신나게 수영을 하고 있었는데,
물이 어찌나 맑은지 아름다운 빛깔을 띤 수많은 물고기들까지
다 보였습니다.

우주 탐험가는 그 행성에 착륙하여 우주선에서 내렸습니다.

그러자 조그만 사람들이 다가와서 미소를 지으며 인사했습니다.

"안녕하세요, 외계인 아저씨.

우리는 '뉴' 라고 부르는 이 행성에 살고 있는 난쟁이들입니다.

당신은 누구시죠?"

"나는 지구의 위대한 황제가 보낸 우주 탐험가입니다.

바로 당신들을 발견하러 왔지요!"

그러자 난쟁이 대장이 말했습니다.

"아니, 세상에! 우리가 당신을 발견했다고 생각했는데요!"

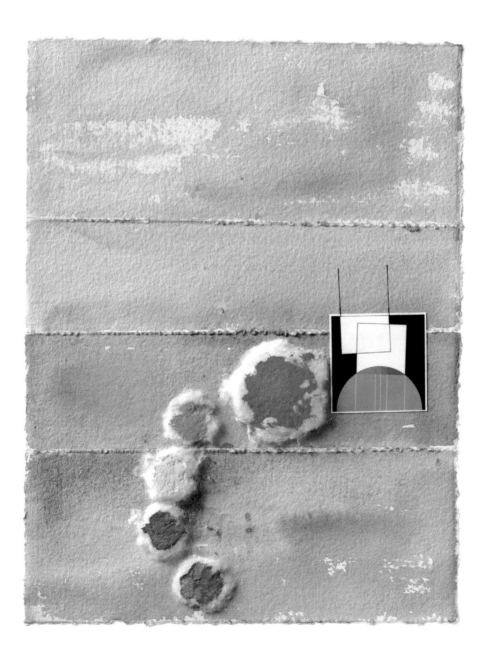

"아닙니다. 내가 당신들을 발견했어요.

지구에서는 당신들이 있다는 것을 몰랐으니까요.

그러니까 우리 황제의 이름으로 내가 이 행성을 지배하고,

여러분에게 지구 문명을 전해 주겠소."

그러자 난쟁이 대장이 말했습니다.

"우리도 당신들이 있다는 것을 몰랐소.

하지만 그런 사소한 문제로 다투지 맙시다.

즐거운 하루를 망치고 싶지 않으니까요. 그건 그렇고,

전해 주고 싶은 문명이란 것이 무엇이오? 값이 얼마입니까?"

우주 탐험가가 대답했습니다.

"문명이란 지구인들이 발명한 온갖 놀라운 것이랍니다.

우리 황제는 그것을 당신들에게 공짜로 주려고 합니다."

난쟁이들이 말했습니다.

"공짜라면 기꺼이 받지요.

공짜 선물에 대해서는 따지지 않는 것이 예의지만,

그 문명이란 것이 무엇인지 알고 싶군요. 그게 실례는 아니겠지요?"

우주 탐험가는 조금 불만스러웠습니다.

옛날 탐험가들이 새로운 땅에 문명을 전해 주었을 때는

원주민들이 아무런 불평 없이 받아들였다고

학교에서 배웠기 때문입니다.

하지만 지구 문명을 자랑스럽게 여기는 우주 탐험가는 우주선에서

초대형 우주 망원경을 꺼내 지구에 초점을 맞추었습니다.

그리고 말했습니다.

"자, 와서 직접 눈으로 보십시오."

"와, 멋진 기계! 멋진 기술이군요!"

난쟁이들은 초대형 우주 망원경을 보고 감탄하며 말했습니다.

그리고 돌아가며 지구를 보았습니다.

첫째 난쟁이가 말했습니다.

"아무것도 안 보여. 연기만 가득한걸!"

우주 탐험가는 직접 확인해 보더니 변명을 늘어놓았습니다.

"내가 실수로 도시에 초점을 맞추었군요.

온갖 공장 굴뚝에다 자동차들까지 달리고 있어서…….

매연이 조금 끼었군요."

"알겠어요. 이곳에서도 가끔 구름이 낄 때는

저 산꼭대기가 보이지 않죠……. 하지만 내일 날씨가 좋으면,

도시라는 것을 잘 볼 수 있겠군요."

그러자 우주 탐험가가 말했습니다.

"아니에요. 이제는 일요일에도 매연이 낀답니다."

"안됐군요."

첫째 난쟁이가 말했습니다.

"그런데 저것은 무엇입니까?

물 한가운데는 온통 시커멓고 가장자리는 갈색이군요."

둘째 난쟁이가 물었습니다.

그러자 우주 탐험가가 말했습니다.

"으음, 바다에 맞춘 모양이군요.

석유를 운반하는 배가 바다 한가운데서 가라앉았어요.

그래서 석유가 바다에 퍼진 겁니다.

그리고 가장자리는 사람들이 바닷가에 마구 버린 쓰레기가

바다로 흘러가서 그렇게 보이는 겁니다……. 그러니까……

보이는 것은 모두 사람들이 버린 지저분한 것들입니다……."

"혹시 바다에 똥이 가득하다는 뜻인가요?"

둘째 난쟁이가 다시 물었습니다.

그러자 다른 난쟁이들이 모두 웃었습니다.

뉴 행성의 난쟁이들은 누군가 '똥'이라고 말하면 웃음이 나왔기 때문입니다.

우주 탐험가가 말이 없자 둘째 난쟁이가 중얼거렸습니다.

"정말 안됐군……."

"그런데 저기, 넓게 펼쳐진 회색은 무엇입니까?

나무도 없이 황량할 뿐만 아니라

희끄무레한 것들과 빈 깡통들만 가득하군요."

셋째 난쟁이가 물었습니다.

우주 탐험가는 이번에도 직접 확인해 보더니 말했습니다.

"들판입니다.

맞아요, 우리는 나무를 너무 많이 잘라 버렸어요.

그리고 사람들은 비닐 봉투, 과자 봉지, 통조림 깡통들을

마구 버리는 나쁜 습관이 있지요……."

"안됐군요."

셋째 난쟁이가 말했습니다.

"저것은 무엇입니까? 길 위에 길게 늘어서 있는

쇠로 만든 상자 같은 것들 말이에요."

이번에는 넷째 난쟁이가 물었습니다.

"자동차랍니다. 가장 멋진 발명품이지요.

한곳에서 다른 곳으로 아주 빨리 갈 때 이용합니다……."

"그런데 왜 움직이지 않아요?"

넷째 난쟁이가 다시 물었습니다.

우주 탐험가는 당황해서 대답했습니다.

"그건…… 보다시피, 자동차가 너무 많아서

종종 길이 막히기도 하지요……."

"그러면 길가에 누워 있는 다친 사람들은 뭡니까?"

넷째 난쟁이가 또 물었습니다.

"교통이 막히지 않을 때 너무 서둘러 달리다가 다친 사람들입니다.

아시겠지만, 이따금 사고가 나지요……."

그러자 넷째 난쟁이가 말했습니다.

"저 상자들은 너무 많을 때는 앞으로 가지 못하고,

앞으로 갈 때는 사람들이 다치는군요. 참 안됐어요."

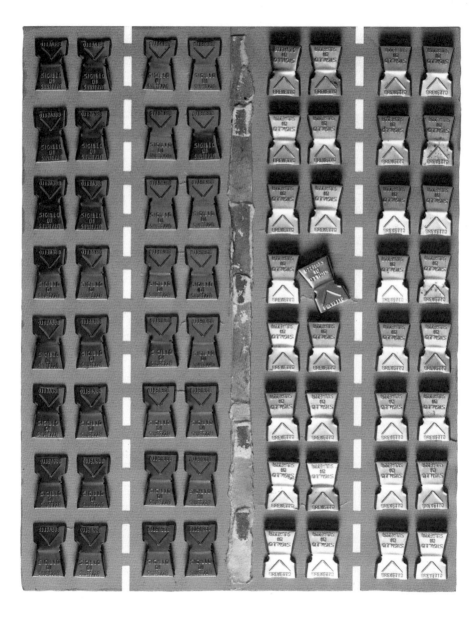

난쟁이 대장이 이어 말했습니다.

"미안하지만, 탐험가 아저씨. 더 볼 필요가 있을까요?

당신들의 문명은 아주 흥미로울지 모르겠지만,

이곳에 가져오면 우리 들판과 나무, 그리고 강이 없어질 겁니다.

그러면 아주 나빠지겠지요.

차라리 우리를 발견하지 않는 게 어때요?"

우주 탐험가는 화가 나서 말했습니다.

"아주 훌륭한 것도 많이 있어요!

여기에는 병원이 몇 개 있습니까? 우리는 아주 많다고요!"

"병원은 어디에 쓰는 것입니까?"

난쟁이 대장은 우주 망원경을 들여다보더니 물었습니다.

"정말로 당신들은 원시인들이군요! 아픈 사람들을 치료하는 곳이지요!"

"왜 아프지요?"

난쟁이 대장이 다시 물었습니다.

우주 탐험가는 정말로 참을 수 없었습니다.

"오, 세상에! 저 아래에 있는 남자가 보이지요?

담배를 너무 많이 피워서 지금 폐 이식 수술을 하는 중이랍니다.

폐가 온통 까맣기 때문이지요.

그리고 그 옆에 있는 사람은 마약을 너무 많이복용했어요.

더러운 주삿바늘을 사용했기 때문에 감염됐지요.

그래서 병원에서 치료 중이랍니다. 또 다른 사람은 오토바이에 치여

다쳤기 때문에 플라스틱으로 만든 다리를 붙이고 있어요.

그리고 저쪽에 있는 사람은 오염된 음식을 먹어서 위를 씻어 내고 있지요.

병원은 저런 일을 하는 곳이랍니다! 정말 멋진 발명품이죠?"

그러자 난쟁이 대장이 말했습니다.

"발명품이라는 것은 알겠어요. 하지만 우리는 담배도 안 피우고,

마약이나 주삿바늘은 사용하지도 않아요.

그리고 오토바이로 달리지도 않지요. 우리는 밭과 나무에서 자라는

아주 신선한 것들을 먹기 때문에 아픈 사람이 거의 없어요.

그리고 혹시 아프더라도 언덕 위를 걷고 나면 모두 낫는답니다.

이봐요, 탐험가 아저씨. 나에게 좋은 생각이 떠올랐어요.

우리가 지구로 가서 당신들을 발견하면 어떨까요?"

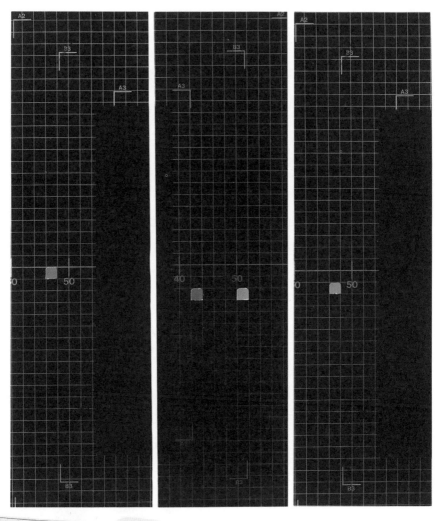
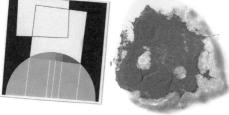

"그래서 어떻게 하려고요?"

우주 탐험가가 당황해하며 물었습니다.

"우리는 들판과 정원을 가꾸고, 나무를 심거나
병든 노인들을 보살피는 일을 아주 잘합니다.

우리가 저 비닐 봉투와 깡통을 모두 모으고 지구 계곡을 청소하겠어요.

공장 굴뚝에는 나뭇잎 여과기를 설치하고, 지구인들에게 자동차를
타지 않고 산책하는 것이 얼마나 좋은지 말해 주겠어요.

그러면 아마 몇 년 뒤에는 지구도 우리 뉴 행성처럼
아름다워질 것입니다."

우주 탐험가는 벌써 뉴 행성에 사는 난쟁이들이
지구에 와서 일하는 모습을 보는 것 같았습니다.

그리고 아름다워진 지구의 모습도 떠올랐습니다.

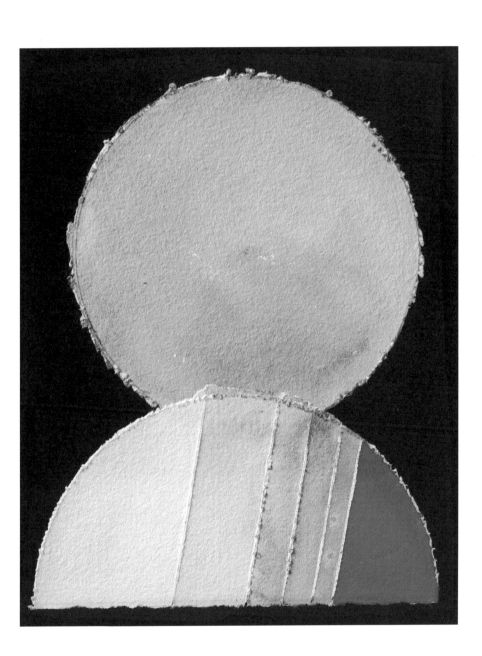

"좋아요. 지구로 돌아가서 황제에게 말하겠습니다."

우주 탐험가는 지구로 돌아왔습니다.

그리고 황제와 신하들에게 이야기했습니다.

그런데 으뜸 신하가 한바탕 이야기를 늘어놓았습니다.

"뉴 행성에 사는 난쟁이들을 여기로 데려오려면 여러 가지 문제가 있습니다.

여권이 있어야 하고, 세금과 서류 비용을 내게 해야 합니다.

그리고 경찰 허가증, 숲 감시원 허가증, 공항 책임자 허가증

등이 있어야 하고……."

으뜸 신하는 이렇게 말하다가

다른 신하가 바닥에 뱉어 놓은 껌을 밟고 미끄러져 넘어졌습니다.

그래서 다리, 입술, 콧구멍 두 개, 어깨, 머리가 깨지고

손가락이 귓구멍에 틀어박혔는데, 아무리 애를 써도 뺄 수가 없었습니다.

그렇게 혼란스러운 사이에 으뜸 신하는 길거리로 굴러떨어졌습니다.

아주 오래전부터 아무도 치우지 않는

더러운 쓰레기 봉투 더미 한가운데 떨어졌습니다.

거기에서 매연을 흠뻑 뒤집어쓰고,

자동차 꽁무니에서 나오는 배기가스를 실컷 들이마셨습니다.

이야기는 이렇게 끝났습니다.

안타깝지만 그때 이후로 사람들이 모두 행복하게 살았다고

이야기할 수 없습니다.

언젠가는 뉴 행성에 사는 난쟁이들이 정말로 지구에 올지도 모릅니다.

그날이 오기 전에 우리가 그 난쟁이들처럼 해 보면 어떨까요?

옮긴이의 글

움베르토 에코(Umberto Eco)는 이탈리아 사람으로 뛰어난 기호학 학자이며 소설가로 유명합니다. 세계 최초로 설립된 볼로냐 대학교의 교수로 오랫동안 학생들을 가르쳤습니다. 그동안 수십 권의 책을 출판하였는데, 여러 나라의 언어로 번역되어 세계적으로 널리 알려져 있습니다.

그렇게 유명한 움베르토 에코가 우리를 위해 멋진 이야기 세 편을 썼습니다. 세 편 모두 재미있고 유익한 내용입니다. 우리가 살아가는 이 세상에는 아름답고 좋은 것이 많지만 위험하고 나쁜 것도 많습니다. 여러 가지 이유로 수많은 사람들이 죽는 전쟁이 벌어지고, 전쟁에 사용되는 무서운 원자폭탄도 많이 만들고 있습니다. 피부색이 다르고 종교가 다르다고 해서 서로 차별하고 싸우기도 합니다. 또 수없이 많이 버리는 쓰레기와 안개처럼 자욱한 미세먼지는 자연환경을 해치면서 우리를 괴롭힙니다.

우리의 지구를 아름답고 살기 좋은 곳으로 만들기 위해서는 그런 것들이 사라져야 하겠지요. 어떻게 하면 우리는 이 세상에서 나쁜 것을 없애고 아름답게 살아갈 수 있을까요? 움베르토 에코가 이야기하는 것처럼 그것은 별로 어렵지 않습니다. 서로를 이해하고 존중하면서 사이좋게 살면 됩니다. 쓰레기를 줄이고 환경을 보호하기 위해 작은 일부터 실천하면 됩니다. 세상을 살기 좋은 곳으로 바꾸는 일은 바로 그런 마음에서 시작됩니다.

움베르토 에코의 이야기 세 편은 우리 모두가 함께 읽어 보아야 할 이야기입니다. 아름다운 미래를 위해 우리 마음속에 새로운 희망의 새싹을 심어 주려는 것이니까요.

2020년 김운찬

움베르토 에코의
지구를 위한 세 가지 이야기

초판 1쇄 펴낸날 2020년 12월 16일

글 움베르토 에코   그림 에우제니오 카르미   옮김 김운찬

펴낸이 허경애

편집 김성화   디자인 최정현   마케팅 정주열

펴낸곳 도서출판 꿈터   출판등록일 2004년 6월 16일 제313-204-000152호

주소 서울시 마포구 양화로 156, 엘지팰리스빌딩 825호

전화번호 02-323-0606   팩스 0303-0953-6729   이메일 kkumteo77@naver.com

블로그 http://blog.naver.com/yewonmedia   인스타 kkumteo

ISBN 979-11-88240-87-6(08330)

Original Title : Tre Racconti with texts by Umberto Eco and illustrations by Eugenio Carmi
© Bompiani / Giunti Editore S.p.A., Firenze - Milano
2015 First edition as anthology published under Bompiani imprint
www.giunti.it / www.bompiani.it
1966 First publication of "The Bomb and the General" and "The three cosmonauts" under Bompiani imprint
1992 First publication of "The Gnomes of Gnu" under Bompiani imprint
All rights reserved. No part of this book may be reproduced, transmitted,
or stored in an information retrieval system in any form or by any means, graphic, electronic, or mechanical,
including photocopying, taping, and recording, without prior written permission from the publisher.
KOREAN language edition © 2020 by Kkumteo Publishing Co.
KOREAN language edition arranged with Bompiani through POP Agency, Korea.
이 책의 한국어판 저작권은 팝 에이전시(POP AGENCY)를 통한 저작권사와의 독점 계약으로 도서출판 꿈터가 소유합니다.
신 저작권법에 의하여 한국 내에서 보호를 받는 저작물이므로 무단전재와 무단복제를 금합니다.

* 잘못된 책은 구입하신 서점에서 바꾸어 드립니다.

이 도서의 국립중앙도서관 출판예정도서목록(CIP)은 서지정보유통지원시스템 홈페이지(http://seoji.nl.go.kr)와
국가자료종합목록 구축시스템(http://kolis-net.nl.go.kr)에서 이용하실 수 있습니다.(CIP제어번호 : CIP2020052187)

꿈꾸다는 꿈터의 성인, 청소년 브랜드입니다.